CLASAICÍ Beaga Bídeacha

CAMCHUAIRT GHUILIVÉIR

JONATHAN SWIFT

Athchóiriú le **Enric Lluch**

Ealaín le **Jesús Aguado**

LEABHAR BREAC

Bhí fear óg ann fadó, Guilivéar an t-ainm a bhí air, agus ní raibh de mhian sa saol aige ach an domhan mór a fheiceáil.

Lá amháin, thug captaen loinge cuireadh ar thuras farraige dó. Ní dhearna Guilivéar ach a chuid éadaí a thabhairt leis agus dul ar bord na loinge.

'Ardaigh an t-ancaire!' a bhéic an captaen. 'Croch an seol!'

Sheol siad amach ar an bhfarraige mhór, san áit nach raibh an talamh le feiceáil níos mó.

Bhreathnaigh Guilivéar in airde agus chonaic sé scamaill mhóra dhorcha.

'Beidh sé ina ghála!' arsa duine de na mairnéalaigh.

Phléasc toirneach agus las scal tintrí an spéir. Thosaigh na tonnta ag ardú agus caitheadh an long ó thaobh go taobh.

'Táimid báite!'arsa an captaen.

Léim na mairnéalaigh amach san fharraige. Bhreathnaigh Guilivéar go himníoch ar an uisce a bhí ag líonadh na loinge, agus léim sé féin san fharraige ina ndiaidh.

Shnámh sé go dtí go raibh sé traochta. Ansin, nuair a shíl sé nach raibh sé in ann snámh níos mó, mhothaigh sé rud éigin faoina bharraicíní.

Bhí gaineamh faoina chosa!

Tháinig Guilivéar amach as an bhfarraige agus thit sé siar go tuirseach ar an trá.

Nuair a dhúisigh sé, ní raibh sé in ann corraí. D'oscail sé súil amháin. Bhí a chuid gruaige, a lámha is a chosa, ceangailte le téada fada de chuaillí a bhí sáite sa talamh.

D'oscail sé an tsúil eile agus chonaic sé firíní beaga – cúpla orlach ar airde – agus boghanna is saigheada acu.

'Cé sibh féin?' ar sé.

Níor fhreagair siad é.

Lig Guilivéar béic as. Chorraigh sé a ghuaillí agus d'éirigh leis na téada ar lámh amháin a bhriseadh. Mhothaigh sé pianta ar fud a cholainne agus cith saighead ag titim air.

Dhún sé a shúile leis an bpian agus lig sé béic eile as.

Chuala sé torann casúir ansin agus d'oscail sé a shúile arís. Bhí firín beag dea-ghléasta ina sheasamh ar ardán adhmaid, agus é ag labhairt leis i dteanga nár thuig sé.

Rinne sé iarracht é a fhreagairt ach níor thuig ceachtar acu a chéile.

Shín Guilivéar a lámh lena bhéal cúpla uair. Bhí sé ag iarraidh a thaispeáint dóibh go raibh ocras air.

Níor thug an firín beag aon aird air. Choinnigh sé air ag labhairt. Ansin, tháinig os cionn céad de na firíní beaga chuig Guilivéar agus dréimirí acu. Cuireadh na dréimirí in aghaidh a chloiginn, agus in airde leo agus ciseáin bhia agus bairillí fíona acu a bhí chomh beag le méaracáin.

Labhair an firín beag dea-ghléasta arís agus dúirt sé focal amháin, ainm na tíre: Lileaput.

D'alp Guilivéar siar an bia agus an deoch, agus ansin thit sé a chodladh go sásta.

Nuair a dhúisigh sé arís bhí na téada bainte de ag na Lileaputaigh, agus slabhraí iarainn ina n-áit. Chroch siad Guilivéar in airde ar charr mór agus thug siad chuig an bhfoirgneamh ba mhó sa tír é.

Ansin, bhí Guilivéar in ann seasamh den chéad uair. Nuair a chonaic na Lileaputaigh ar a chosa é shíl siad go raibh sé cosúil le sliabh.

'Tabharfaimid Sliabhfhear air,' ar siad ina dteanga féin.

Tháinig Impire Lileapuit ar muin capaill. Bhí clogad óir air a bhí breactha le seoda, agus bhí claíomh aige a bhí chomh mór leis féin. D'ísligh sé dá chapall agus scrúdaigh sé an Sliabhfhear go géar.

Labhair Guilivéar leis i ngach teanga dá raibh ar eolas aige, ach níor thuig an tImpire focal a dúirt sé.

Bhuail an tImpire a dhá bhos ar a chéile agus d'ordaigh sé bia is deoch a thabhairt don Sliabhfhear. 'Agus múinigí caint dó,' ar sé. 'Ní thuigim focal as a bhéal!'

D'ith Guilivéar an bia agus d'ól sé an fíon a tugadh dó, agus d'fhoghlaim sé cúpla focal i dteanga na Lileaputach. Tar éis tamaill, thuig na Lileaputaigh nach raibh aon bhagairt ann dóibh, agus bhain siad na slabhraí de.

'Tá tú saor anois,' ar siad. 'Tar go dtí an pálás, tá an tImpire ag iarraidh labhairt leat.'

Ní raibh an pálás ach trí choiscéim uaidh.

'Is ea, a Impire?' ar sé.

'Cabhraigh linn ár gcuid namhad a ruaigeadh,' arsa an tImpire, 'agus cabhróimidne leat do bhealach a dhéanamh abhaile.'

'Tá ár naimhde ina gcónaí ar Oileán Bliofoscú,' arsa an tImpire. 'Tá siad ar tí muid a ionsaí.'

Sheas Guilivéar ar a bharraicíní agus chonaic sé an t-oileán. Bhí calafort ann agus é lán le longa cogaidh.

Thóg sé rópa fada agus caoga ancaire agus d'imigh sé ag siúl tríd an bhfarraige. Nuair a chonaic muintir Bhliofoscú an fathach mór chucu, rith siad le faitíos roimhe.

'Tá fathach ag teacht!' a bhéic siad.

Cheangail Guilivéar na longa cogaidh den rópa, agus tharraing sé ina dhiaidh ar ais go Lileaput iad.

'An Sliabhfhear abú!' a bhéic na Lileaputaigh.

'Ach cén fáth a bhfuil sibh ag troid leis na Bliofoscaigh?' a d'fhiafraigh sé den Impire.

'Mar baineann siad an ceann ramhar den ubh chruabhruite. Anois ó tá siad buailte againn, beidh orthu an ceann tanaí a bhaint di, cosúil linn féin!'

'A leithéid de chogadh seafóideach,' arsa Guilivéar leis féin.

Ghabh Guilivéar leithscéal leis na Bliofoscaigh as a gcuid long a bhriseadh agus rinne sé iarracht síocháin a dhéanamh idir an dá thír. Ach bhí an dá dhream chomh ceanndána nárbh fhéidir iad a thabhairt le chéile.

'Tá sé in am baile!' ar sé leis féin.

Shuigh sé isteach i long an Impire. Ní raibh ann ach áit dá thóin. Chuaigh sé ag iomramh lena lámha is a chosa, agus d'imigh leis ar snámh amach ar an bhfarraige go dtí gur casadh long mhór air.

Ba é a bhí sásta ag dul abhaile ar deireadh. Bhí a dhóthain feicthe aige den domhan, go fóill!

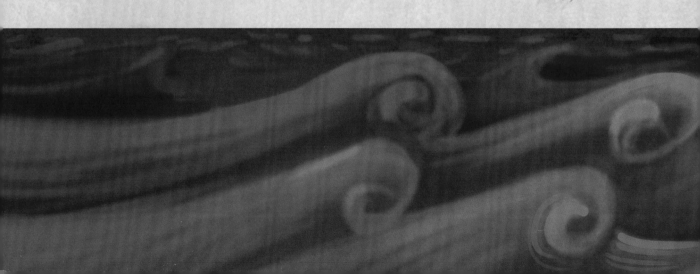

eolas@breacan.ie
www.leabharbreac.com

An Chomhairle um Oideachas
Gaeltachta & Gaelscolaíochta

Foilsíodh an leabhar seo le maoiniú ón gComhairle um
Oideachas Gaeltachta agus Gaelscolaíochta

ISBN 978-1-911363-05-7

© Edicions Bromera, 2016
Athchóiriú © Enric Lluch Girbés, 2016
Ealaín © Jesús Aguado Gutiérrez, 2016
Leagan Gaeilge © Leabhar Breac, 2016